Le Voleur de Rêves

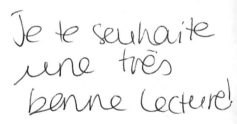

Pour Raphaëlle,

Je te souhaite
une très
bonne lecture!

Magali Bruno

Le Voleur de Rêves

Les aventures d'Aurélie
Tome 1

Illustrateur
Jean-Pierre Legris

ÉMB

Éditions Magali Bruno

Dépôt légal : avril 2007
Bibliothèque nationale du Canada
Bibliothèque nationale du Québec
© Éditions Magali Bruno
Tous droits réservés

Données de catalogage avant publication
Bruno, Magali
Le Voleur de Rêves
Série: Les aventures d'Aurélie
Roman jeunesse
Pour les jeunes de 8 à 11 ans
Roman d'aventure
ISBN 978-2-9809-8580-5

Illustration : Jean-Pierre Legris

Imprimé au Canada   2 3 4 5 6 7 8 9 10
Imprimé par www.scribec.com

Éditions Magali Bruno
Contrecoeur, Québec, 2007
Éditions Magali Bruno
ISBN 978-2-9809-8580-5

Merci à mon frère et à ma soeur, qui ont écouté avec plaisir la première ébauche de mon roman.

Merci à mes parents, qui ont toujours su me soutenir, dans les hauts comme dans les bas.

Merci à Marie-Josée Turgeon ainsi qu'à Francine Paquette, pour leurs précieux conseils et leur aide inestimable.

Merci finalement à Jean-Pierre Legris, dont les merveilleux dessins ont rendu l'histoire plus vivante.

Table des Matières

Table des Matières

~ suite ~

Chapitre un
Le Voleur de Rêves

- Chut Obscurité! Il est minuit; l'heure est venue de commencer notre tournée.

L'homme qui parle porte une ample cape noire recouverte de pochettes. Il s'adresse à son compagnon... quelque peu surprenant! Celui-ci est un long serpent de deux mètres, d'une couleur très sombre.

- Mais, Maître... Nous ne pouvons voler les rêves. Regardez les parents là-bas, ils ne dorment pas, réplique le serpent.

- Obéis à mes ordres! Tu es ici pour travailler, pas pour rouspéter.

C'est ainsi qu'ils accomplissent leur triste besogne chaque soir. Obscurité va chercher quelques rêves (pas trop, ça se ferait remarquer) dans une poche secrète de l'oreiller. Puis, le Voleur de Rêves s'en empare et les met dans sa cape. Depuis 999 ans qu'ils privent les gens de la plupart de leurs rêves, ils n'ont jamais eu de problème. Mais bientôt, tout va

changer...

Pourquoi volent-ils tous ces rêves? Le Voleur de Rêves a sûrement une bonne raison. Mais trêve de bavardages! Suivons-le pour découvrir son antre, situé dans un endroit parallèle au monde réel; le mystérieux monde des rêves!

Depuis quelques minutes Obscurité et son Maître volent dans les airs, soutenus par un vent exhalant une étrange odeur de charbon brûlé. Au bout d'un moment, ils arrivent dans un cimetière et se dirigent vers un arbre. Celui-ci possède de longues branches semblables à de grosses mains décharnées. L'atmosphère est lugubre... Sur un signal du serpent, l'arbre se fend en deux et faisant apparaître un escalier. Le maître et le serviteur descendent. Au bout de deux ou trois heures passées à marcher dans un silence pesant, ils aboutissent dans le vestibules d'un château colossal, non pas sur Terre, mais dans l'autre monde; le monde des rêves...

*

Le lendemain soir, lorsque le Voleur de Rêves accomplit sa tournée, il rencontre un étrange personnage. Sa barbe blanche et bouclée se balance dans le vent. Le barbu porte une robe marine recouverte d'étoiles phosphorescentes et traîne derrière lui un sac lourd et intrigant. Son air mystérieux suscite l'attention du «maître» et de son serpent.

- Qui es-tu? Que fais-tu ici? demande le Voleur de Rêves.

-Je suis le Marchand de Rêves, répond le vieux bonhomme. Mon travail consiste à marchander des rêves.

-As-tu vendu plusieurs rêves, ce soir? questionne Obscurité.

- Je viens de vendre deux rêves d'aventure et un de pirates à un jeune garçon. J'ai aussi fait un rabais à une fillette qui désirait rêver à un monde de licornes. Habituellement, ce genre de rêves est très cher.

- Ça m'intéresse. Que désires-tu recevoir en échange de quelques rêves? propose le Maître.

- Tous les rêves que tu as volés. Ni plus, ni moins, répond le vieillard à la barbe blanche, qui avait deviné qu'il avait devant lui son vieil ennemi, celui qui volait les rêves aux enfants comme aux adultes, défaisant

ainsi tout son travail.

Furieux d'avoir été reconnu, le Voleur de Rêves disparaît! Une fumée grisâtre s'attarde un instant dans la chambre où il a rencontré le Marchand de Rêves. Obscurité, resté derrière, adresse au vieillard un air mécontent puis s'empresse de rejoindre son Maître.

*

Pendant ce temps, dans une maison tranquille non loin de là, une femme passe une étrange commande de sa voix aiguë:

- Bonjour, ici Marie Robichaud. Je voudrais... Oui, c'est bien ça. N'oubliez pas : trois kilogrammes de rêves sucrés en conserve, seulement cinq cauchemars et une bonne quarantaine de rêves fantastiques. Livrez-les à temps dans la chambre de ma chère fille. Son nom? Aurélie Bouleau-Robichaud. Merci et au revoir!

Chapitre deux
La mission

Aurélie aime rêver. Comme beaucoup d'autres jeunes, elle désire être la remplaçante du Marchand de Rêves. Cela fait en effet 999 ans et 11 mois que celui-ci travaille. Il est temps pour lui de former la relève et de prendre sa retraite. Rendu là, tu te demandes sûrement ce que fait Aurélie dans cette histoire de marchands et de voleurs. Eh bien, si elle veut que sa candidature pour être la remplaçante du Marchand de Rêves soit acceptée, elle doit récupérer tous les rêves volés par le Voleur de Rêves. C'est sa mission, comme le lui a expliqué le barbu dans un rêve explicatif, il y a quelques temps.

Mais en parlant d'Aurélie... Allons la voir dans sa maison! Celle-ci est immense. Une véranda en bois blanc en fait le tour et deux grosses colonnes donnent à la porte d'entrée un air imposant. Juste derrière, il y a un lac dont le vent fait frémir les eaux calmes et turquoises. En ce moment, Aurélie fait sa valise. Il faut bien qu'elle parte en mission un jour!

Au tout début, elle s'inquiétait. Ses parents n'allaient-ils pas la chercher durant son absence? Mais le Marchand de Rêves, toujours dans le même rêve où il l'avait investie de sa mission, l'avait rassurée en lui disant que tant qu'elle serait partie, le temps serait arrêté pour tous les autres humains. Ou du moins, il s'écoulerait très lentement, si bien que pas plus d'une heure n'aurait passée. Mais elle n'était pas certaine d'avoir très bien compris...

*

Elle met un chandail de laine bleu dans sa valise. Puis, elle s'esclaffe. Sa valise est bien trop grande! Résignée, Mlle Bouleau-Robichaud utilise un baluchon qu'elle cache sous son oreiller. Vite, car sa mère ne tardera pas à venir lui souhaiter «Bonne nuit, ma chérie!».

«Doooooooooooong! » Il est minuit. Du coup, le réveille-matin d'Aurélie se met à sonner. Driiiiiiiiing! Quel tintamarre! Heureusement, ses parents ne se réveillent pas. Du moins, elle l'espère, parce que sinon, elle est dans le trouble! Aurélie sort de la maison. L'air est frais et légèrement parfumé. La quiétude du jardin la tranquillise. La jeune fille écoute quelques instants le hululement nocturne d'une chouette. Elle s'interroge. Comment libérer les rêves? Jusqu'à présent, son intuition l'avait guidée, lui disant d'être prête pour ce soir. Mais maintenant?

C'est alors que le Marchand de Rêves entre en action. Il crée un ami qui l'accompagnera et la supportera. Il façonne un petit corps de hamster couleur mordoré et y ajoute de petites ailes or. Il lui transmet le don de la parole et l'envoie à Aurélie. Dans un doux froufroutement, le hamster est expédié vers sa nouvelle maîtresse.

Soudain, un cri retentit :

- Aurélie Bouleau-Robichaud, viens ici, immédiatement!

Aurélie n'a que le temps de cacher son baluchon dans un buisson et le hamster volant dans la poche de son jean pour voir Monsieur Alexandre Bouleau, son père, accourir. Ses yeux gonflés par le manque de sommeil la scrutent tandis que sa robe de chambre verte et blanche claque au vent. Sitôt arrivé à sa hauteur, il lui reproche d'une voix essoufflée:

- Qu'as-tu à sortir tard comme ça, la nuit? J'ai entendu le réveille-matin et je suis allé dans ta chambre. Mais tu n'étais plus là. Quelle folle peur tu m'as faite!

Il la pousse tendrement vers la maison. Aurélie rentre tout en rouspétant...

... pour se relever dix minutes plus tard pendant que ses parents ronflent! Elle se décide alors à sortir le petit hybride caché dans sa poche. Dès que celui-ci avale une grande bouffée d'air, il s'élance dans un long discours :

- O.K., salut, comment vas-tu? Il faut que tu me trouves un nom. Je ne mange que des paroles; ce n'est pas trop difficile. Sauf si par erreur, je suis sourd-muet-aveugle de naissance. Et aussi...

- C'est beau! Ne t'inquiète pas, je prendrai soin de toi. Comment pourrais-je t'appeler? Hum... Que dirais-tu de Mordoré? Cela t'irait bien car tu as la fourrure brune avec des reflets or. Quant à ton alimentation, ne t'inquiète pas, je suis un tout petit, petit, petit peu bavarde. Tu sais, je suis contente de t'avoir comme compagnon car sinon, je me sentirais seule. Mais au fait, tu viens d'où? Bien sûr, pourquoi je n'y ai pas pensé? C'est le Marchand de Rêves qui t'envoie, voyons! Il est gentil, lui, hein? Bon, je vais arrêter de parler mais je vais te donner un petit conseil : ne te montre jamais à mes parents. Les conséquences de ton acte irréfléchi seraient alors insurmontables. Mais...

- Continue de jacasser, j'ai encore faim! gémit Mordoré, qui s'amuse comme un fou le premier jour de sa création devant cette nouvelle maîtresse bavarde.

- Mais là , je ne suis pas ton esclave! J'ai la gorge sèche, moi! rouspète Aurélie, que l'ordre a renfrognée.

- Ah, ah! Tu as parlé!

- Mais toi aussi! Tu viens de le faire!

Ils continuent ainsi longtemps, faisant fi du temps qui passe. Il est maintenant une heure du matin et nos personnages principaux n'ont pas l'air parti pour bien s'entendre. Le Marchand de Rêves veille sur Aurélie depuis sa demeure imaginaire. Ayant entendu toute cette conversation, il prive le hamster volant de son côté colérique. Celui-ci est maintenant doux comme un agneau!

Cette heure de rage et de colère passée, Aurélie et Mordoré retournent dehors. Ils récupèrent le baluchon et attendent un indice quelconque, puisqu'ils n'ont rien de mieux à faire. C'est alors qu'Aurélie se souvient d'une phrase que le Marchand de Rêves lui a dite il y a quelques temps (autant dire un an ou deux!):

- La première chose que je t'ai offerte servira à ton premier départ.

La première chose que le Marchand de Rêves lui a donnée, lors de son huitième anniversaire, c'était une vieille carte codée jaunâtre et abîmée par plusieurs années passées dans une pièce humide. Déçue, elle l'avait jetée beaucoup plus tard, lors du grand ménage quotidien de sa chambre. Si seulement elle avait su qu'elle en aurait besoin.

- Tu sais, Aurélie, commence Mordoré, lorsque mon «créateur» ne m'avait pas encore créé, je n'étais qu'une idée volant à travers le monde à bord d'une bulle. Lorsque tu as une idée, c'est que tu viens de toucher une bulle. Donc, avant d'avoir été touché, je voyageais. J'ai appris bien des choses. Lorsque les éboueurs emportent les sacs d'ordures, ils les mettent dans des sites d'enfouissement. Celui de ton village se trouve là-bas, tout proche de l'ancienne mine. On pourrait peut-être essayer de retrouver la carte. Depuis combien de temps l'as-tu jetée? demande le minuscule hamster en voltigeant dans l'air pur de la campagne.

20

- Je ne sais pas trop, mais ça ne doit pas faire si longtemps... Si je me souviens bien, je l'avais mise avec mon vieux nounours préféré, ma mère ne le supportait plus. Alors j'avais fait un sac spécial. Il ne devrait pas être trop difficile à repérer, je l'ai fabriqué moi-même. En tout cas.

- De quel couleur est le sac, questionne le hamster, brun, noir ou vert olive?

- Il est blanc avec de petites fleurs rouges sur le dessus. Mais je t'avertis, il faudra fouiller un peu-beaucoup avant de lui apercevoir le bout du plastique car il y aura sûrement tout plein d'autres sacs empilés par dessus!

- Brrr... Ne me dis pas que nous irons fouiller dans les ordures! C'est dégoûtant et puant!!!

- Oh oui, monsieur! Je connais même un vieil homme qui s'occupe de la réglementation de l'usine de classement d'ordures. Allons d'abord chercher une pelle.

Retournant sur ses pas, Aurélie pénètre dans le jardin. Alignés au centre, sur la berge du lac, il y a trois saules pleureurs qu'elle a respectivement nommés Mille-pattes, Goutte-d'eau et Petit-nuage, alors qu'elle avait six ans. Entre les feuilles, jouent des lucioles, illuminant de temps à autres certaines parties du jardin.

Aurélie se dirige d'un pas décidé vers le petit cabanon. Elle tourne la poignée d'un geste tout aussi décidé, mais au lieu de s'ouvrir avec l'aisance habituelle, la porte reste obstinément fermée.

- Que se passe-t-il? demande Mordoré, inquiet de la tournure des événements.

- J'ai oublié de débarrer la porte ... répond Aurélie.

- Oh non! s'exclame le hamster affolé à l'idée d'avoir à récupérer la clé.

D'un geste taquin, la jeune fille lui pointe alors une des poches de son pantalon. Elle en sort un trousseau de trois clés retenues par un ruban de velours noir. Elle prend une des clés et l'insère dans la serrure. Avec un léger déclic, la porte s'ouvre.

Notre héroïne pénètre dans ce lieu mystérieux et en ressort quelques secondes plus tard, armée d'une solide pelle ergonomique au manche rouge et à la poignée enrobée de caoutchouc.

- En route! lance Aurélie, riant de la mine déconfite de son compagnon ailé.

Chapitre trois
La mine abandonnée

Les deux amis partent à l'aventure et se dirigent vers l'ancienne mine. Tandis qu'ils marchent, Mordoré pose à Aurélie une ou deux questions;

- À quoi te servent tes deux autres clés?

- Eh bien, répond-elle, celle-là est la clé de ma maison.

Elle s'interrompt un moment, le temps de contempler la troisième clé. Elle semble faite de bronze. Elle est très lourde et pèse étrangement sur le cœur de la future Marchande de Rêves (du moins, c'est ce qu'elle espère...).

- Quant à celle-ci, continue Aurélie, je ne sais trop. Mes parents me l'ont donnée alors que j'étais toute petite...

Ils continuent à marcher un moment et aboutissent finalement devant un panneau ébréché annonçant: «Entrée interdite». Ils escaladent la clôture rouillée et explorent le terrain.

- Aïe, gémit soudainement Aurélie.

Un homme l'agrippe. Mordoré n'a que le temps de se cacher dans la poche de la veste que la jeune fille s'est résolue à enfiler. Les nuits sont fraîches en été!

- Oh! Mais c'est toi, Aurélie, s'exclame le vieillard.

Il ne semble pas intrigué de la voir en pleine nuit dans le secteur de la vieille mine, mais il faut mentionner qu'il a perdu quelques cellules cérébrales depuis le décès de sa femme, il y a quelques années...

- Oui, monsieur Martin. Je suis contente que vous me reconnaissiez. Vous, vous n'avez pas changé! Votre terrain non plus! À quand remonte la dernière fois que vous avez tondu votre gazon?

- 1979, ma p'tite! 1979... L'année de la mort de ma femme. Tu sais, elle était...

C'est alors que le hamster décide d'entrer en conversation en coupant le vieil homme d'un ton excédé.

- Où sont les ordures? demande-t-il brusquement.

- Qui a parlé?

- C'est... C'est moi, dit timidement Aurélie.

Elle se sent subitement gênée par l'apparition de Mordoré dans la conversation. Heureusement, Monsieur Martin lui indique l'emplacement de l'ancienne mine sans relever l'impolitesse. Il spécifie aussi que les ordures sont maintenant dans la mine. Les deux copains prennent la direction indiquée. Le paysage nocturne défile rapidement sous leurs yeux. Ils courent (Mordoré vole). Bientôt, ils arrivent près de l'entrée de la mine. On dirait une grosse bouche noire prête à avaler quiconque ose entrer. Aurélie et Mordoré pénètrent en se bouchant le nez, car l'odeur est insupportable: odeur de bananes pourries, de thon écrabouillé et de couches de bébé pleines à craquer. Ils commencent à fouiller dans ce tas de déchets malodorants. Aurélie laisse tomber la pelle et s'exclame:

- Mais il y a de tout là-dedans! Table, four micro-ondes, lampe...

Un peu plus tard, notre héroïne s'écrie encore:

- Regarde, il y a une étiquette sur la peau de la banane! C'est écrit... « 100% plastique ». C'est bizarre, non?

Plus tard encore:

- Mordoré, viens voir ce que j'ai trouvé! Une lettre! Le hamster ailé s'approche pour lire par-dessus son épaule:

« Si vous avez trouvé cette lettre, c'est que vous avez perdu quelque chose...
Vous feriez mieux d'abandonner car ici, il n'y a que de fausses ordures. »

Mordoré remarque que la lettre indique l'existence d'un passage permettant de pénétrer dans une ville souterraine. C'est là que seraient classées les ordures. Lui et Aurélie cherchent une quelconque ouverture secrète pour aboutir dans la ville. Ils farfouillent ici et là. C'est alors qu'Aurélie trouve une vieille boîte en carton clouée au sol.

- Viens voir, Mordoré!

Mordoré arrive à tire d'ailes et commence à examiner la boîte.

- Hé, s'exclame-t-il. Il y a un minuscule bouton brun sur un des côtés. Je crois qu'on a trouvé!

Chapitre quatre
Oli Borino

Les deux complices sont excités à l'idée de l'aventure qui les attend. Puis, retenant son souffle, Aurélie appuie sur le bouton caoutchouté. Aussitôt, les copains se sentent attirés vers l'intérieur de la boîte qui, entre temps, s'est ouverte. Un long tunnel défile sous leurs yeux. Notre héroïne se cogne le coude contre la paroi et son ami échappe de justesse à une vorace chauve-souris!

Enfin, ils atterrissent en plein milieu d'un carrefour bondé. Tout le monde y est identique; salopette et casquette kaki ainsi que chemise blanche et propre. Personne ne semble les remarquer. Il y a aussi trois bâtiments : un géant, un moyen et un minuscule. Là s'arrête la — minuscule — ville.

Mordoré s'approche d'un homme (d'ailleurs, il n'y a pas de femmes) et lui demande son nom.

- Oli Borino.

La voix de l'homme est sèche et semble vouloir finaliser cet interrogatoire au plus vite.

- Où sommes-nous? demande Mordoré.

- Dans une ville souterraine.

- Pouvez-vous me dire à quoi servent ces trois immeubles?

- Oui, réplique Oli sans entrain apparent.

À cet instant, un homme comme tous les autres, mais portant une cravate noire, lance un regard foudroyant en direction d'Oli. Aussitôt, celui-ci devient bavard, très bavard.

«C'est probablement pour nous retenir… », pense le hamster volant, perspicace.

- Le géant bâtiment, commence Oli, contient des milliards de sacs d'ordures. Ça pue à l'intérieur car nous n'y mettons que les sacs puants, contrairement au minuscule édifice. Nous y mettons les beaux sacs non puants. Par exemple, il y a trois mois, un beau sac fleuri nous a été donné. Nous l'avons mis dans le minuscule immeuble. Nous dormons dans la bâtisse moyenne. Les lits sont très moelleux, nous avons chacun notre propre table de chevet et...

Si Aurélie ne l'avait pas stoppé, il aurait continué encore une heure! Mais elle a d'autres chats à fouetter! Elle ne s'est pas rendue compte que l'homme a nommé, *en insistant*, un sac reçu il y a trois mois, comme s'il voulait qu'elle tombe dans un piège.

Les deux copains se dirigent donc vers le minuscule bâtiment. Il est peint d'un rouge violacé contrastant avec les couleurs pastel des deux autres immeubles. Comme une mise en garde... Aurélie et Mordoré y pénètrent à petits pas, redoutant qu'on les arrête parce qu'ils ne portent pas les bons habits!

Il y a devant eux une bonne dizaine de casiers remplis de sacs. Les inscriptions sur les casiers ressemblent à ceci: sacs à fleurs, sacs à pois, sacs lignés... Nos amis s'approchent de «à fleurs» et regardent à l'intérieur dans l'espoir de trouver celui d'Aurélie.

- Ah, ah! s'écrie Oli, surgissant de l'arrière de la porte, je savais bien que je vous trouverais ici à fouiner!

- J'ai jeté un sac, mais il reste à moi, rouspète Aurélie comme à son habitude, même si elle était sûre que son excuse n'avait pas le moindre bon sens.

Monsieur Oli Borino les défie de trouver le bon sac sans les toucher. Il y a quatre sacs en tout dans la section les concernant :

    ☆   Tissu blanc, fleurs bleues.

    ☆   Tissu blanc, fleurs rouges.

    ☆   Tissu blanc, fleurs rouges et attaches rouges.

    ☆   Tissu orange, fleurs blanches et traces de muffin.

Sans hésiter, Aurélie s'empare du sac au tissu blanc et avec fleurs rouges. Alors, comme si ce geste lui avait enlevé toute son énergie, Oli Borino disparaît.

- Pourquoi as-tu pris celui-ci? demande Mordoré.

Tu aurais pu me demander mon avis!

- C'est que j'ai vu Oli qui s'apprêtait à lancer un sort à ce sac, répond Aurélie. Il murmurait des trucs vraiment bizarres... Alors, je n'ai pas hésité! Il aurait pu lui donner une autre apparence ou le changer de place. Résultat : nous nous serions trompés...

Aurélie s'interrompt et Mordoré la fixe, interrogateur. Puis, soudainement, le hamster comprend pourquoi elle s'est arrêtée. Tous deux se sentent aspirés par la même sensation familière que celle ressentie pour venir dans la ville souterraine. Mordoré proteste vivement:

- Lâchez-moi, qui que vous soyez, je ne vous vois pas, mais je sais que vous êtes là!

Puis il est trop tard lorsqu'il comprend et crie de sa voix aiguë à Aurélie:

- C'eeeest à cause du saaaaaaaaaaaaaaaac...

Chapitre cinq
Dans la jungle

Quelques tourbillons et quelques secondes plus tard, tout disparaît. Sauf bien sûr, nos deux aventuriers et le sac. Ils ont été magiquement transportés (du moins, c'est ce qu'ils supposent) dans une clairière située au beau milieu d'une jungle à la végétation luxuriante. Au loin, ils entendent le rugissement d'un lion et les cris affolés des singes. Une multitude d'éclairs multicolores traversent cet oasis de verdure. Aurélie et Mordoré sont ébahis!

- Wow...

- Ça, tu peux le dire!

Ils s'assoient, n'en revenant toujours pas. Enfin, ils se souviennent de leur mission : récupérer les rêves volés. Aurélie étale leur butin sur le sol et en fait l'inventaire;

☆ Un sac à dos en cuir très usé

☆ 12 biscuits à la mélasse cuits à point

☆ Un vieux nounours au pelage brun clair, celui qu'Aurélie avait dû jeter sous la contrainte de sa mère

☆ Une bague brillant de milles feux

☆ Une carte codée recouverte d'inscriptions

Aurélie a l'intuition que certains objets ont été rajoutés. Comment douze biscuits à la mélasse auraient-ils pu rester si longtemps dans ce sac sans dégager la moindre odeur? Elle range le tout dans le sac à dos en cuir. Elle y met également son baluchon. Elle s'assoit par terre et réfléchit. Elle s'aperçoit alors que Mordoré se démène pour ouvrir le sac à dos et prendre la carte.

- Aide-moi donc, Aurélie! lui reproche le hamster, un bout de cuir coincé entre les dents.

- Super Aurélie à la rescousse!

Enfin, après de nombreux efforts, la fermeture éclair étant coincée, ils réussissent à extirper la carte du sac. Ouf!

Celle-ci est jaunie et fripée par les années. Plusieurs symboles incompréhensibles y sont inscrits. Elle craque sous les doigts fins d'Aurélie. Puis, sans crier gare, la fameuse carte devient aussi blanche que la neige. De petites lettres maladroites forment ces quelques mots :

« *Va voir l'ours.*
Utilise la bague. G.L. »

- L'ours??? Mon nounours à moi? murmure notre héroïne, stupéfaite.

Aurélie délaisse la carte pour s'approcher du toutou et de la bague. Elle examine attentivement l'anneau. Celui-ci n'a rien de spécial sauf...

- Mais oui! C'est ça! s'écrie Aurélie. Tu ne peux pas savoir comme je suis contente, Mordoré! Je crois qu'on approche de notre but! Le nounours, c'est un garçon de mon âge qui me l'avait donné à la garderie, je m'en souviens maintenant! Plus tard, dans ma chambre, j'ai découvert la bague dans la bouche de l'ours. C'est pourquoi j'ai nommé mon toutou Baguinou.

- Aurélie...

- Oui? répond-elle.

- Je crois qu'il faut mettre la bague dans la bouche de Baguinou, annonce le petit hamster volant en affichant un air soucieux, j'en suis même certain!

- Et pourquoi donc? Bof... Ça ne coûte rien d'essayer.

Cérémonieusement, la jeune fille introduit la bague dans la gueule du toutou.

- Eh! Il y a quelque chose de coincé là-dedans, gémit notre héroïne.

- Je sais! Je sais! s'exclame son compagnon surexcité. Il faut que tu fasses comme avec un vrai bébé. Prends-le dans tes bras et tapote-lui le dos. Parole de Mordoré, ça fonctionnera!

- Hein!?! Es-tu fou? Je parie que tu te trompes.

Toutefois, Aurélie, résignée, prend Baguinou contre elle et lui frappe doucement le dos trois ou quatre fois.

- Atchoum! Atchoum! Vite, ma bague. Il ne me reste que très peu d'énergie, articule l'ours.

Aurélie insère la bague dans son gosier. Les yeux

du nounours s'allument alors d'une étrange lueur et il se met à articuler d'une voix de robot ces paroles :

- **Bien le bonjour, mon nom est Riostomivia, alias Baguinou. Vous pouvez aussi m'appeler tout simplement Rio. Je suis un robot envoyé par Guillaume Lerêveur pour vous aider.**

- Qui est monsieur Lerêveur? s'enquit tout haut Mordoré, attentif au moindre mot de l'ours-robot-qui-parle-et-qui-s'appelle-quelque-chose-comme-Riostou-je-ne-sais-pas-trop-quoi.

La réponse de «Baguinou» ne se fait pas attendre.

- Guillaume est un jeune garçon de dix ans. Il est le neveu du V.D.R.

- V.D.R.?

- Mais oui, Aurélie! Le Voleur de Rêves, quoi! s'exclame Rio, s'adaptant au langage familier des humains.

- Mais s'il est le neveu du... V.D.R., il doit être méchant!

- Il est aussi le petit-fils du Marchand de Rêves, dit l'ours comme si ça expliquait tout.

En effet, ça explique... une partie. Et Aurélie n'a pas d'autres choix. Après tout, c'est justement son protecteur, le Marchand de Rêves, qui lui a donné la carte pour la conduire chez Guillaume par l'intermédiaire de « Baguinou ». Elle demande tout de même:

- Comment sais-tu mon nom?

- Je suis très bien renseigné. Mon maître a gravé plusieurs informations dans mon logiciel. Entre autres, je sais que tu as son âge, que vous vous êtes connus à la garderie et que tu rêves d'être la prochaine Marchande de Rêves. Mais dépêchons-nous. Guillaume nous attend.

- Mais c'est quand même le neveu de notre ennemi, s'insurge Mordoré.

- On n'a rien à perdre, de toute façon..., avance Aurélie.

- Qu'attendons-nous? Suivons-le, alors!

Chapitre six
Le séquoia géant

Cela fait plusieurs heures que notre équipe est en marche. Drôle d'équipage en effet. Une jeune fille portant un sac à dos de facture ancienne, un hamster aux ailes couleur or et aux vifs petits yeux noirs ainsi qu'un ours en peluche brun dont une petite égratignure sur le pelage laisse paraître des circuits électroniques. Pour compléter le tout, un étrange perroquet multicolore suit le groupe depuis un certain temps.

- Nous sommes suivis, murmure Rio qui vient de le remarquer. Ne regardez surtout pas derrière.

Ce qui, comme on le devine, n'empêche pas Mordoré de jeter un coup d'œil sur l'intrus.

- Jacquot est repéré! Tous à l'abri! s'égosille l'intrus.

L'ara rouge et bleu fonce littéralement sur Aurélie pour essayer de se cacher. En quelques secondes, elle l'immobilise.

- Qu'est-ce que je fais avec lui? demande-t-elle en

pointant l'oiseau qui cesse de se débattre et qui laisse maintenant échapper des bouts de phrases telles que : «Ayez pitié du pauvre Jacquot!».

Riostomivia n'en perd pas moins son esprit de robot. Tranquillement, sous le regard horrifié des trois autres, il enlève son œil gauche. Ensuite, il l'applique contre la tempe dudit Jacquot. Après quelques instants de silence extrême, où l'on entendrait même une mouche voler à un kilomètre de distance, il déclare :

- Simple perroquet de flibustier.

- Comment osez-vous? lance l'hôte plumé en reprenant son courage. Je fus le perroquet de Barbe Noire!

Et c'est ainsi qu'ils font tous connaissance. Comme si de rien n'était, ils reprennent leur route guidés par Baguinou et accompagnés de Jacquot, leur nouveau comparse. Plus on est de fous, plus on rit!

- Si ton œil gauche te permet d'analyser l'expérience vécue des animaux et des humains, à quoi te sert ton œil droit? se risque à poser notre héroïne à son ancien animal de peluche.

- Mon œil droit est une simple bille de verre contenant de l'énergie solaire.

- Et à quoi ça sert de l'énergie solaire? le coupe Mordoré.

- Je suis avec toi, mon homme! s'exclame Jacquot.

- Eh bien, cela donne... Oh! Non! Je ne dois pas vous le dire. Guillaume ne serait pas d'accord. Bon, je l'avoue... C'est une nouvelle source d'énergie qu'il a découvert et qu'il exploite pour faire fonctionner ses inventions.

Aurélie, demeurée muette jusqu'alors, se décide enfin à mettre son grain de sel à la conversation:

- Qui est vraiment ce Guillaume?

- Vous verrez, nous y sommes, répond tranquillement Riostomivia.

Chapitre sept
L'embuscade

Les quatre amis sont devant un imposant séquoia de seize étages. Tous, y compris Jacquot devenu docile, contournent l'énorme arbre recouvert de mousse. Son écorce est usée par les intempéries.

- Et elle est où, la maison de ce cher savant de Guillaume? lance ironiquement le petit hybride malpoli.

- J'suis d'accord avec toi, mon homme, s'exclame l'ara bariolé.

On dirait bien qu'il a trouvé en Mordoré son idole! Mais enfin, retournons à nos moutons...

- Chut! Parlez moins fort, lance l'ex toutou de Mlle Bouleau-Robichaud. Il ne faut pas que les troupes ennemies nous repèrent. Suivez-moi...

Il fait signe aux autres de le suivre dans un buisson de petites baies rouges. Puis, les surprenant, le sol cède sous leurs pieds et, devant eux, apparaît un escalier interminable.

Alors qu'ils s'apprêtent à monter la troisième

marche sculptée dans le bois, ils se rendent compte qu'ils sont dans le tronc du séquoia. À la 121e marche, Aurélie est prise de vertige.

- Ça va continuer longtemps comme ça? J'en ai assez, moi, de monter sans arrêt!

- Nous arrivons bientôt. Regardez, ordonne Riochose-Binouche.

Sans un grincement, une porte jusqu'alors invisible s'ouvre.

Les quatre amis se trouvent devant une plaine. Ou une prairie. Elle est couverte de fleurs et quelques animaux y jouent. Il se dégage de ce paysage une impression de paix et de confiance. Baguinou ne semble pas étonné le moins du monde, contrairement à ses compagnons.

- Mais… Qu'est-ce que ce « paysage » vient faire ici? se hasarde Mordoré. Nous étions dans un tronc d'arbre, non?

Voici une copie conforme du discours que tente de leur servir l'ours afin de répondre à la question du hamster volant:

- Bienvenue dans le monde des rêves. Ce monde s'étend dans plusieurs dimensions. Le séquoia que nous avons « traversé» est en fait un lurani. Et…

- Qu'est-ce qu'un luniribinouche? lance le perroquet à son interlocuteur.

- C'est..., commence Riostomivia, qui se ravise puis marmonne : je vous l'expliquerai plus tard...

- Dans combien de temps arriverons-nous? questionne Aurélie, pratique.

Rio réfléchit quelques instants, les yeux fermés.

- Eh bien... Si on se dépêche et qu'on marche à un bon rythme, cela devrait nous prendre cinq jours pour se rendre à la demeure de Guillaume. Mais je ne peux en être certain car le paysage change constamment... De plus, il existe quelques raccourcis. Peut-être tomberons-nous sur quelqu'un qui s'y connaît...

Il laisse sa phrase en suspense.

- Jacquot ne vous accompagne pas! Jacquot ne vous accompagne pas, s'exclame le perroquet apeuré. On ne pourra jamais trouver notre chemin!

- Mais oui, le rassure Aurélie. Rio a sûrement une solution. Hein?

- Heu... c'est-à-dire... ce n'est pas sûr que Guillaume pourra nous aider. Et puis peut-être nous perdrons-nous... Je ne suis jamais passé par ici.

- Je suis partant quand même, approuve Mordoré.

- Si l'hybride y va, j'y vais! clame l'oiseau rouge et bleu.

Comme tout le monde est d'accord pour s'y aventurer, les quatre copains pénètrent dans le monde des rêves. Ce qu'ils ne savent pas, c'est qu'ils sont encore suivis. Et pas par un simple perroquet de flibustier cette fois! Par quelqu'un de plus rusé. Quelqu'un qui peut se révéler ami... ou ennemi.

Tous s'aventurent gaiement dans cet univers. Peuplé de fées et de lutins, ainsi que de plusieurs créatures de rêves, il promet d'agréables surprises... Ils discutent de tout et de rien quand, tout à coup, Aurélie se sent lestée du poids d'un petit objet. Elle s'arrête et se penche afin de voir ce qu'elle a échappé.

- Que se passe-t-il? demande Rio/Baguinou.

-Oh, ce n'est rien, répond Aurélie.

Mais en remettant la petite clé de bronze dans sa poche, notre héroïne a le pressentiment que ce bout de métal jouera un grand rôle dans une de ses prochaines aventures. Est-ce vrai? Et que lui réserve donc l'avenir?

Depuis quelques heures, le voyage s'annonce sans interruptions et leurs pieds commencent à être douloureux. Au détour d'un sentier, ils entrent en collision avec une jolie fée.

-Bonjour, leur dit-elle tout en se relevant. Bienvenue au royaume de ma maîtresse, la dryade des prés. Je me nomme Floralie et je suis la fée des fleurs. Puis-je avoir l'honneur de vous accompagner?

-Mais bien sûr, accepte courtoisement Aurélie, tout de même intriguée par tant d'attentions. Où vas-tu? Nous, nous allons par là, rajoute-t-elle en pointant distraitement du doigt dans cette direction.

-Je vais où bon me semble. Auriez-vous besoin, par hasard, d'un quelconque hébergement? Et... Je pourrais vous servir de guide et vous mener chez celui que vous cherchez...

Floralie, tout en leur faisant un beau sourire mystérieux, leur fait signe de la suivre à travers la prairie. Et comme le minois souriant de la fée invite à la confiance, tous la suivent.

*

Étendue dans un lit de pétales de roses, chez la fée, Aurélie réfléchit. Rio lui avait dit, avant qu'elle ne se couche, qu'ils ne se dirigeaient pas tout à fait dans la bonne direction. Et puis, comment Floralie a-t-elle fait pour savoir qu'ils se rendaient chez Guillaume? Il faut qu'elle en parle aux autres, c'est louche...

Aurélie court rassembler ses amis. Ensemble, ils questionnent la jeune dryade;

- Nous ne nous dirigeons pas vers la bonne direction. Floralie, n'essaierais-tu pas de nous mener dans une embuscade tendue par le V.D.R.? demande Aurélie.

La petite fée déjà repentante leur avoue :

-Oui. Je suis vraiment désolée de vous avoir ainsi induite en erreur en vous montrant le mauvais chemin. Mais voyez-vous, à l'est de mon champ de fleurs se trouve le château du Voleur de Rêves. Avec ses pensées négatives, il empoisonne mes jeunes pousses et la seule façon pour moi de garder mon petit bout de paradis, c'est de faire tout ce qu'il me demande.

-Et que voulait-il, cette fois? demande Rio, inquisiteur.

-Il voulait que je vous montre le mauvais chemin afin que vous vous perdiez. Il est au courant de vos plans et se méfie...

Mordoré examine d'un air pensif la jeune dryade et rétorque bien poliment :

-Jolie demoiselle, accepteriez-vous de nous

montrer la sortie, ou mieux encore un raccourci, et, en l'honneur de votre cause, nous accompagner?

-Jolie demoiselle mon œil! s'écrie Jacquot. Tu devrais plutôt dire : «merveilleuse demoiselle» !

-Moi, je dirais plutôt «extrêmement jolie et merveilleuse demoiselle», renchérit Riostomivia.

Pendant que les trois « gars » de la compagnie couvrent Floralie de compliments, Aurélie, dans son coin, se tord de rire.

-Eh bien, dit-elle, nous pourrions nous mettre en route... En avant compagnons! Je me suis assez reposée, pas vous? Et puis, depuis que nous sommes ici, j'ai l'impression d'avoir besoin de moins de sommeil...

Chapitre huit
Le langage magique

Sortant bravement de leur havre de paix, les cinq comparses s'aventurent dans la nuit. L'aventure ne fait que commencer!

La petite fée, se découpant sur le clair de lune avec ses jolies ailes miroitantes, leur dévoile la route à suivre. Quelques minutes plus tard, ils arrivent devant... rien!

Il n'y a rien mais, malgré tout, Floralie arrête de marcher et regarde fixement devant elle. Puis, elle murmure un charabia incompréhensible de mots bizarres:

-Avila vendoza. Aroma vila rigrio. Unta.

Rio enregistre le tout dans son logiciel de mémoire et observe attentivement la suite avec ses yeux-caméras. Ce que tous voient alors leur coupe le souffle. Des millions d'étoiles surgissent devant leurs yeux et ils sont transportés dans une forêt. Pas la jungle où ils ont rencontré Jacquot, mais plutôt une vaste forêt d'automne éclairée par le soleil levant. Apparemment, les saisons et les jours ne concordent pas dans tous les mondes!

- Ce Guillaume aime les forêts, à ce que je vois! s'exclame Jacquot, qui, après avoir été estomaqué de son voyage, vient de reprendre ses esprits.

Tout en mettant son doigt devant ses lèvres, la dryade leur fait signe de l'accompagner. Ils marchent pendant dix minutes et arrivent finalement devant une petite montagne de pierraille grise et de conifères. Sur son flanc se trouve une ouverture; une grotte.

Mordoré, tout excité, se dépêche de voler en direction de la trouvaille.

- Attends, tente de le prévenir Floralie.

Mais c'est déjà trop tard. Mordoré fonce à toute allure et ne voit pas le mur de pierre qui apparaît soudainement devant lui. Avec un «smash» effroyable, il s'écrase contre le muret.

- Mordoré? Est-ce que ça va? le questionne anxieusement Aurélie.

- Gros choc au niveau de la tête, diagnostique le savant Riostomivia.

- Non mais, ça va pas, s'exclame le perroquet.

Faites-lui de l'air! Vous ne voyez pas qu'il étouffe?

Effectivement, tout en crachotant, Mordoré réussit à placer une dizaine de mots :

- Ça... Atchoum! ... goûte pas... bon... la poussière... AaatchOUM! de mur!

- Bon, eh bien... Je crois qu'il reprend ses esprits. Il a un goût toujours aussi développé! plaisante Aurélie pour les rassurer.

La jolie fée leur explique alors qu'il ont besoin d'un code s'ils ne veulent pas se cogner encore contre le mur de pierre. Elle les mène vers une petite roche ronde et plate couverte de drôles d'inscriptions.

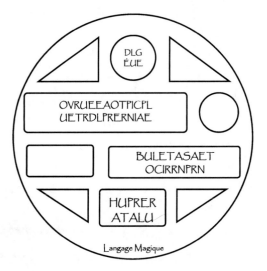

Langage Magique

- Que se passera-t-il si je pèse sur ceci? questionne Mordoré en pointant «DLG ÉUE».

- Noooooon! tente d'avertir Floralie.

Encore une fois, Mordoré est écrasé. Pas par un mur de pierre, mais par des trombes d'eau; un déluge!

Notre héroïne, désintéressée, lui dit :

- Je suppose que ça va. Après un mur de pierre, qu'est-ce qu'une légère pluie?

- Choc au niveau du dos, diagnostique encore une fois l'ours de peluche.

- Mon pauvre petit gars, s'exclame l'ara catastrophé. Attention, écartez-vous, je vais lui faire le bouche à bouche! Ça va mon poussin?

Mordoré, indigné, se relève d'un coup et s'exclame :

- Ça ne va pas la tête? Je ne suis pas un poussin, je suis un hamster volant. Et en plus, ma mère n'était pas poule! JE NE SUIS PAS UN POUSSIN!

Satisfait, comme s'il venait d'énoncer l'évidente vérité, Mordoré s'éloigne.

- Et si on mangeait? questionne l'héroïne.

Tous hochent vigoureusement de la tête et Aurélie sort de son sac de cuir, resté sur son dos, cinq biscuits à la mélasse. Puis, elle appelle Mordoré.

- Ououuuh! Mordoré! Viens manger de bons biscuits

à la mélasse... Ils sont délicieux!

Mais ses appels ne sont pas nécessaires. Dès que Mordoré sent la bonne odeur, il vole jusqu'aux biscuits. C'est là que Floralie le retrouve, en train de terminer son deuxième biscuit!

- Espèce de gourmand! Laisses-en pour les autres.

Toutefois, Mordoré n'en fait qu'à sa tête. Il finit goulûment les quatre biscuits. La bouche pleine, il s'adresse à tout le monde :

- Y a-t-il quelqu'un ici qui sait comment pénétrer dans la grotte?

- Mais bien sûr, lui répond Baguinou d'un ton assuré. Floralie nous l'expliquera.

- Elle? Et pourquoi pas moi? demande le perroquet de flibustier. Je sais très bien lire toutes sortes de langages et celui de la roche sera facile à déchiffrer, assurément. Je connais la langue des oiseaux, celle des perroquets, celle des aras...

- Mais, l'interrompt Aurélie, un ara est un perroquet et un perroquet est un oiseau! En fait, tu ne connais que deux langues : le langage des oiseaux et celui des humains. Eh mais, j'y pense, comment se fait-il que tu parles le français?

-Pas juste le français, Madame, s'exclame Jacquot,

fier de lui. Than ki tong ton tin (chinois), hêllo (anglais), miaou (chat), wouf (chien), hik! hik! hik! (marmotte), ra...

-Tu dis n'importe quoi, le coupe la fée. Than ki tong ton tin, ce n'est pas en chinois. Ça n'existe même pas! Mais bon... Je vais vous expliquer le langage gravé sur la pierre plate. Commençons par un mot simple : radio. En langage magique, cela donne : «RDO AI» et on l'écrit :

On lit l'*écriture magique* de cette façon :

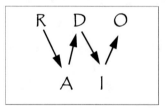

Chapitre neuf
Les Lerêveur

- Ooooooooh! Je comprends, s'écrit Baguinou.

Encore une fois, il enregistre le tout dans son logiciel de mémoire.

- Alors, le bouton sur lequel Mordoré avait pesé sur la pierre plate signifie : «déluge», comprend Aurélie.

Amusée, elle court vers la pierre et lit toutes les inscriptions.

- «Ovrueeaotpicpl uetrdlprerniae» signifie «ouverture de la porte principale», «Buletasaet ocirrnprn» veut dire «bouclier transparent» et ...

- À mon tour, s'écrie Riostomivia. «Huprer atalu» est égal à «haut-parleur»!

Aurélie pose alors une question qui la tracasse depuis un certain temps à Floralie.

- Que voulaient dire les paroles que tu avais prononcées pour nous transporter dans cette forêt? Tu sais, le « avila-quelque-chose »...

- Oh! Ce n'est pas le *langage magique*, qui sert

surtout à l'écrit. C'est la *langue des elfes et des fées.* Malheureusement, je ne peux t'expliquer ce que cela signifie, car c'est un secret. Chaque année, lorsque des millions de petites fées et de petits elfes deviennent grands, on leur fait prononcer la *parole sacrée.* Ils ne la diront qu'une seule fois dans leur vie. Sinon, ils se consumeront en moins de cinq minutes. C'est cette phrase longue d'un kilomètre qui nous donne nos pouvoirs et notre langue. Lorsque je suis née, je ne connaissais pas encore le *langage des elfes et des fées.* Aujourd'hui, à cent ans, je le pratique depuis plus d'une cinquantaine d'années.

- Tu as cent ans!?!

Jacquot est interloqué. Il a de la difficulté à le croire, même s'il sait que Floralie est jeune pour une fée. Mais voilà que Mordoré pèse sur le bouton de la pierre signifiant « haut-parleur » et maintenant, une voix se fait entendre de partout à la fois, comme si on avait mis des… hauts-parleurs… partout dans la forêt.

Une voix amicale les invite à entrer à l'intérieur de la grotte. Mordoré, méfiant, passe le dernier. Il a encore en mémoire le souvenir douloureux de sa première tentative pour entrer!

Ils arrivent dans une jolie entrée où les attend un garçon aux cheveux blonds et aux yeux verts de l'âge d'Aurélie.

- Bienvenue à tous, les accueille chaleureusement Guillaume. Je m'appelle Guillaume. Je dois vous entretenir d'un sujet en particulier. Vous aussi, vous avez certainement des nouvelles fraîches à m'apprendre. Venez.

Il les entraîne à travers un chaleureux salon et les conduit dans son « bureau », après avoir franchi un long couloir. Je dis « bureau » car il n'y a pas de mot plus précis. On pourrait tout autant l'appeler salon-bibliothèque-bureau-et-chambre-à-coucher! Dans cette pièce, il y a une grande cheminée avec, devant elle, une table ronde en bois de merisier et six chaises. La table croule sous la paperasse et sont posées, par terre, plusieurs boîtes de carton. Dans un coin, un lit sommaire côtoie une lampe à l'huile.

- Hé! C'est comme dans «Les chevaliers de la table ronde», remarque Mordoré.

Floralie, Aurélie, Jacquot et Mordoré s'approchent tout doucement des chaises, gênés, tandis que Riostomivia fait comme chez lui. Effectivement, il est chez lui! Ne l'oublions pas, c'est Guillaume Lerêveur qui a créé ce «robot» prénommé Riostomivia mais surnommé Baguinou.

- Passons tout de suite aux choses sérieuses, dit le plus sérieusement du monde Guillaume.

Il les regarde tous avant de continuer;

- Je le confirme, je suis le neveu du Voleur de Rêves. Cependant, une longue histoire accompagne ce fait. Mon père était le frère du Voleur de Rêves. Lorsqu'il est mort, il y a mille ans, mon oncle, un ancien scientifique réputé, est devenu fou. Il ne pouvait plus supporter de voir vivre la femme de son frère alors que celui-ci était mort. Ma mère est la fille du Marchand de Rêves. Voilà pourquoi mon oncle décida d'incarner le Voleur de Rêves, afin de contrer la famille de ma mère. Et pour couronner le tout, il y a cent ans, il a emprisonné ma mère dans son château.

- Ouh là là! C'est compliqué! dit tout en chancelant Jacquot. Tu veux dire que le V.D.R. est le «beau-fils-frère» du Marchand de Rêves mais qu'il veut se venger parce que son frère est mort mais pas sa belle-sœur???

- Laisse faire! commente Mordoré tout aussi estomaqué. Toi et moi, on n'y comprendra jamais rien!

Aurélie le coupe impatiemment tandis que Rio les observe, un air amusé flottant sur ses babines d'ours de peluche.

-Mais... Comment as-tu fait pour naître si ton père est mort il y a mille ans?

-Parce que, pour la lignée des «Lerêveur», le temps passe cent fois plus lentement. En fait, j'ai mille ans et un mois. Mais en âge normal, cela ne correspond qu'à dix ans.

Aurélie demande encore :

-Donc, le Marchand de Rêves que je veux remplacer, c'est ton grand-père? Es-tu au courant qu'il m'a donné comme mission de récupérer ce qui a été volé? J'ai une idée! On cherchera les rêves volés, puis, on libèrera ta mère! Ça te va?

-Quelle fabuleuse idée! s'exclame Floralie. Je vous accompagne, pour sûr! Il est temps que le Voleur de Rêves paie pour mes fleurs...

Elle regarde Aurélie avec un air complice et demande aux autres s'ils sont du voyage.

-Mais bien sûr! s'écrient-ils tous ensemble.

Chapitre dix
La théière maléfique

Ils passent le reste de l'après-midi à consulter des cartes pour choisir leur itinéraire.

- Ouaah! baille Guillaume. Nous avons passé une journée harassante! Allons nous coucher.

Leur hôte les conduit dans leur chambre pour la nuit. Jacquot a pour lui seul une forêt amazonienne contenue dans une minuscule pièce et Mordoré un petit nid douillet de copeaux de bois. Baguinou entre dans une armoire et pousse le bouton « off ». Floralie s'étend dans un joli lit de pétales de tulipes et Aurélie. dans un lit normal!

- Enfin quelque chose de NORMAL, soupire-t-elle.

Couchée dans l'immense lit à baldaquin (ce n'est pas si normal), elle s'endort rapidement en pensant à toutes les personnes étranges qu'elle a vues jusqu'à présent. Un perroquet de pirate parlant français, un robot en peluche savant, un hamster volant se nourrissant de paroles et de biscuits à la mélasse, une fée amicale et un garçon de son âge qui a... mille ans! Sur ce, elle plonge tête première dans les bras de Morphée.

*

- Quel bon petit déjeuner! s'exclame Jacquot. Ça me donne le goût de danser des claquettes!

- Mmmm... Un perroquet qui danse les claquettes, s'esclaffe Floralie. Non, mais!

Le frugal déjeuner est avalé dans le fameux «bureau » de Guillaume. Aurélie n'a jamais rien mangé d'aussi délicieux (croissant chaud, jus d'orange frais et omelette). Sauf peut-être le délicieux ragoût de bœuf que sa mère cuisine parfois... En parlant de sa mère... Elle lui manque, tout comme son père. Mais l'heure n'est pas aux effusions sentimentales; il est temps de passer à l'action.

*

- Tout le monde est attaché? s'enquit Guillaume.

- Je n'arrive pas à croire que je me suis embarqué là-dedans, rechigne Mordoré. Ça pue le thé vert et les vieilles dames anglaises!

- J'suis avec toi, mon homme!

Peu importe l'avis du ara, il est toujours d'accord avec le hamster volant!

- C'est vrai que c'est peu croyable, voire même

64

incroyable, approuve Floralie. Voyager dans une énorme théière anglaise flottante pour se rendre au château! Mais où as-tu trouvé cette idée?

Le jeune garçon adopte un air important, toussote un peu pour s'éclaircir la gorge puis répond à son interlocutrice:

- Dans mon labo, j'ai un fusil à rayons GS (grossissement suprême). Il me permet de grossir les objets. En plus, j'ai un laser ADTBQ (ameublement de très bonne qualité). Il incorpore une porte, des sofas et une table à l'objet sélectionné. De plus, une théière se dissimule facilement dans une cuisine, et je suis sûr qu'il y a des cuisines au château du V.D.R. Voilà, tu sais tout!

- J'espère que tu ne nous feras pas boire du thé! s'exclame Aurélie. J'y ai déjà goûté et, personnellement, je trouve que c'est affreux!

- Affreux, tu veux rire, réplique Baguinou. C'est délicieux! Moi, j'adore le thé. C'est un breuvage raffiné qui convient parfaitement aux gens bien élevés...

- Ne me dis pas que tu es bien élevé, s'interpose Mordoré. Les seules fois où tu es poli, c'est quand tu vois de jolies demoiselles. Mais entre nous, tu n'arrêtes pas de nous critiquer!

- Moi, critiquer? Je suis toujours poli, mignon et gentil. Et d'ailleurs, monsieur, je...

Si Guillaume ne l'avait pas arrêté, il aurait continué pendant une heure!

*

En fin d'après-midi, Aurélie ressent tout d'un coup une brusque secousse.

- Aaaaaah! Mais que se passe-t-il? s'interroge Aurélie.

- Je ne sais pas, répond Guillaume. Je crois que nous avons un petit problème technique. Riostomivia, pourrais-tu aller voir ce qui se passe?

- Aucun problème, capitaine. J'y vais de ce pas.

L'ours de peluche se rend à la fenêtre (un trou dans la porcelaine de la théière) et pousse un cri. Il recule précipitamment et tombe dans les ailes du perroquet.

- Hé, mais ça va pas la tête? Je ne suis pas ta maman!

- J'ai vu... J'ai vu... Mais c'est impossible! Tout le monde, la théière nous a trahis! Vite... Il faut sortir!

Dans tous ses états, Guillaume marmonne :

- Comme cela se peut-il? Ce n'était pas prévu...

La petite fée, gardant la tête froide, les pousse tous dehors.

- Vite, s'exclame-t-elle. Cachons-nous derrière cette maison.

La théière, au lieu de les conduire bien discrètement au château du Voleur de Rêves, les a menés à la cité des géants. Mais pourquoi est-ce si dramatique? C'est que... Les géants sont aux ordres du Voleur de Rêves!

Chapitre onze
Le chat noir

Alors que la troupe vient de débarquer, un géant s'empare de la théière et la fracasse contre le mur d'une immense maison. En comparaison à celle-ci, l'habitation derrière laquelle ils se cachent est toute petite. De la grandeur d'une maison normale, en fait. Mais... Ce n'est pas une maison, c'est...

Une niche de chien GÉANTE! Soudain, un chien IMMENSE en sort. Il s'avance d'un pas de chien MONUMENTAL bien pesant. Il les fixe avec ses yeux rouges INCOMMENSURABLES. Il sort ses crocs COLOSSAUX de ses babines DISPROPORTIONNÉES et tout d'un coup, il éternue bruyamment. Il est allergique à l'humain!

- Que se passe-t-il, mon bon chien? l'interroge le géant.

Le chien GARGANTUESQUE aboie férocement dans leur direction.

- Sauve qui peut! s'exclame Jacquot tout en prenant son envol.

À tire d'ailes ou à pied, tous le suivent. Des pas se rapprochent. Et puis soudain :

- Grrrr… Wouaf! Wouaf!

- Oh non! s'écrie Mordoré. Le chien nous suit… Quel malheur!

Ils ne regardent pas au-dessus de leur tête. À quoi cela servirait-il dans cette course effrénée? Mais ils le devraient peut-être, car bientôt, le ciel devient noir de l'ombre d'un autre géant. Pas d'un humain-géant ni d'un chien-géant, mais cette fois, plutôt d'un chat-géant!

- Ça, c'est le comble! rechigne Mordoré. Comme si on n'avait pas assez d'un…

Mais avant qu'il n'ait le temps de prononcer un seul autre mot, le chat les saisit tous délicatement dans sa gueule.

Le félin s'enfuit avec eux tout au fond d'une géante ruelle (enfin, pour lui, elle est petite). Puis, il les recrache doucement, comme s'ils étaient un précieux fardeau.

- Qui es-tu? questionne Aurélie. Je me nomme Aurélie et voici Floralie, Guillaume, Jacquot, Mordoré et Riostomivia. Mais tu peux l'appeler tout simplement Rio ou encore Baguinou.

- Mon nom de chat serait trop difficile à prononcer pour une bouche humaine. Vous pouvez m'appeler Chat.

Chat est un chat majestueux au poil noir. Dans l'un de ses yeux, le bleu, brille une lueur mélancolique tandis que dans l'autre, le vert est teinté d'une farouche détermination. Son regard de couleurs différentes, si beau et si étrange à la fois, impose le respect.

- Pourquoi nous as-tu aidés, Chat? demande Aurélie à cet être sauvage et tendre à la fois.

- Les ennemis de mes ennemis sont mes amis.

Comme si cela énonçait une vérité simple et implicite, le chat se tait et les regarde de ses yeux bicolores.

- Topons-la, l'ami, fait Jacquot, rompant ainsi la tension du moment. Tu nous aides et on...

- Et vous me rendez un petit service, l'interrompt Chat.

- Quel service? demande Aurélie d'un air méfiant.

- Me faites-vous confiance? questionne Chat.

- Je crois que nous n'avons pas le choix, rétorque Aurélie. Quand nous diras-tu ce que tu attends de nous?

- Lorsque votre mission sera exécutée, je vous le dirai.

- Bon, eh bien... Tant que ce n'est pas quelque chose d'impossible, je suis partant, s'exclame Jacquot.

- Partante moi aussi, approuve Floralie.

- Puisque c'est comme ça, sais-tu où nous pourrions nous cacher en attendant la nuit, Chat?

- Oui. Je pourrais vous cacher dans un trou de souris. Le problème, c'est que les souris sont de votre grosseur, ici. Préférez-vous vous dissimuler dans la lingerie de mes maîtres ou dans mon panier?

- Hum... Je me le demande... Qu'en penses-tu Floralie?

Notre héroïne interroge la jolie fée. Toutes deux s'entendent très bien et se demandent souvent leurs avis mutuels.

- Il me semble que je me sentirais plus en sécurité dans ton panier, Chat, répond-elle.

- Ça me convient, approuve Baguinou. Mais dis-moi, comment nous transporteras-tu jusqu'à ton panier?

Ah! Riostomivia et son esprit pratique.

-Je ne sais pas, avoue Chat en les fixant de ses yeux expressifs. Avez-vous une idée?

Cette question leur est adressée et, comme s'ils

étaient à l'école, ils lèvent tous la main en même temps.

Après plusieurs minutes à chercher la meilleure solution, ils conviennent de se cacher sur le dessus des pattes de chat. Pas très confortable, mais pratique. Comme son poil est long et fourni, il les camoufle entièrement.

Tout en s'abandonnant à la chaleur de ce poil doux, soyeux et noir comme le jais, Aurélie réfléchit. Le chat est-il digne de confiance? Les livrera-t-il aux géants? Faut-il le croire lorsqu'il affirme que les ennemis de ses ennemis sont ses amis? Quel service veut-il obtenir?

Ces questions restent sans réponse, car ils sont arrivés à destination. Chat se secoue et tous rebondissent sur le matelas de son panier. Au contact de ce coussin duveteux, Mordoré a le goût de s'endormir.

- Eh! Attention, s'époumone Jacquot. Il faut nous avertir avant de nous débarquer!

- Chut! le réprimande Floralie. Nous sommes dans la maison d'un géant et s'il nous entend, on est fichus. Il nous livrerait alors au Voleur de Rêves!

- On ne dit pas «on est fichus», rétorque Riostomivia qui fait son «ours-très-savant». C'est grossier. Il faut plutôt dire «on est fait à l'os!».

Et brusquement, plus aucune lumière ne parvient à leurs yeux. Mais que se passe-t-il? Chat s'est roulé en boule autour d'eux dans le panier! Il commence à ronronner et ce doux son les endort tous.

Chapitre douze
Tentative de fuite

- Quelle heure est-il?

Aurélie se réveille, baille encore, la bouche pâteuse.

- Il fait déjà nuit, lui répond Chat. Nous allons sortir dans quelques temps.

- Réveillez-vous, chuchote Aurélie.

- Hein, quoi? ronchonne Mordoré.

- Hein, quoi? répète Jacquot.

- Il fait chaud! La température est montée à 37°C, dit le savant ours-robot Rio. Ça doit être à cause de la proximité physique de nos corps solides et de...

- Pour faire plus simple, c'est chaud comme en l'été, s'exclame Guillaume.

- C'est l'été, répond ironiquement Floralie.

- Ah oui! J'oubliais, avec tous ces changements d'endroits...

- Tout le monde est là? coupe Aurélie. Baguinou?

- Présent, mademoiselle!

- Floralie?

- Tu sais bien que je suis là, Aura!

- Aura? Pourquoi m'appelles-tu comme ça?

- C'est un surnom, répond Floralie.

- Puisque tu le dis, Flor! Guillaume?

- Ici!

- Jacquot?

- Oserais-tu douter de moi?

- Chat?

- Au-dessus de vous!

- Mordoré?

- Pourquoi est-ce qu'on me nomme toujours en dernier?

- Je ne sais pas, répond Aurélie. Peut-être parce que tu passes inaperçu et que tu es transparent...

- Quoi???? Numéro un, mademoiselle, je ne passe jamais inaperçu! rétorque Mordoré. Tu vois ça tous les jours, toi, un hamster ailé?

- Maintenant, oui...

Mordoré ne lui laisse pas le temps de répondre.

- Et deuxièmement, demoiselle-interruptrice, je...

- Interruptrice?

Rio ne connaît pas ce mot!

- ARRÊTER DE M'INTERROMPRE! s'exclame le hamster essoufflé. Je reprends. Deuxièmement, je ne suis pas transparent. Vous me voyez, là, avec mon poil brun aux reflets dorés, mes jolis yeux noirs et mes ailes en or? VOUS ME VOYEZ, OUI OU NON?

- Oui, oui et oui!!!!

Chat, que ce genre de dispute ne concerne guère, les observe de son regard pénétrant. Ses deux yeux mélancoliques et sauvages les fixent comme perdus dans un passé douloureux.

Floralie, pour le distraire un peu, lance sur un ton enjoué :

- Hé bien... On y va? Le soleil n'attendra pas que nous soyons à destination pour se lever!

- Commençons donc par sortir de la maison! s'exclame Jacquot. Allez les poussins, dépêchez-vous!

- Ça, c'est une bonne idée, approuve Guillaume. Enfin un qui ne perd pas de temps! Deux, plutôt, dit-il en jetant un regard de biais à Floralie.

Celle-ci lui fait un sourire puis s'adresse à Aurélie.

- Tu viens, Aura? Je te porterai sur le dos de Chat.

- Moi aussi! Je veux essayer! crie Baguinou. Ça l'air follement amusant!

Les trois amis ailés (Floralie, Mordoré et Jacquot) aident les non ailés (Aurélie, Guillaume et Riostomivia) à grimper sur le dos de Chat. Il se faufile jusqu'à une commode puis soudain, Chat s'immobilise.

- Pourquoi t'arrêtes-tu? questionne le perroquet rouge et bleu. Non mais... Avance, espèce de boule de poils sur pattes!

Rio le regarde d'un air sévère et Jacquot ne peut s'empêcher de rougir. Mais comme ses plumes sont déjà rouges, ça ne paraît pas!

- C'est bon, c'est bon, bafouille-t-il. Je n'ai rien dit, je n'existe plus et je suis invisible.

- Je le spéci...

- Voulez-vous vous taire? C'est fatigant toutes vos disputes à la fin! J'en ai assez; je m'en vais...

Et voilà Mordoré qui s'en va à tire d'ailes.

- Reviens, s'exclame Aurélie, c'est dangereux!

Mais le hamster volant ne l'écoute pas. Il quitte le dos du matou et se dirige seul vers l'entrée.

- Oh non! Il faut aller le chercher, Chat, commande Guillaume. Il peut se faire capturer! Jacquot, toi vas-y.

Jacquot s'envole pour rejoindre son copain.

- Youououououou! Mordooooooré! Viens! Tu te feras remarquer si tu restes là...

- Non, non et non, répond négativement Mordoré.

Le perroquet s'en retourne la tête basse.

- Il ne veut pas m'écouter, avoue-t-il. C'est inadmissible!

- Mais qui écouterait-il?

- Je sais! s'exclame Baguinou. Envoyons-lui Floralie. Je suis sûr qu'il cèdera sous le charme de sa beauté. Moi-même, je n'y résiste pas.

Floralie rougit légèrement puis rejoint Mordoré.

- Dis donc, mon beau Mordoré, ça te plairait une balade au clair de lune sur le dos d'un chat?

Et, effectivement, sous le charme de cette fée enchanteresse, le hamster volant se plie à la volonté du groupe.

- C'est beau, c'est beau..., s'exclame-t-il.

À peine Mordoré a-t-il regagné le dos du chat qu'une porte du couloir s'ouvre. Un géant entre en marmonnant.

- Mais où sont donc passés ces voyous? Mon gros idiot de chien n'a pas réussi à les rattraper! Ç'aurait tout de même été mieux de les capturer avant qu'ils n'atteignent le château de mon maître, le V.D.R. Au moins, nous aurons le temps de leur tendre un piège, à ces canailles! Et surtout, il nous faut la fille, Aur-machin-chouette. Ah! Ces noms humains, qu'ils sont compliqués à retenir! Foi de Röc-Dür, nous les aurons, ces sacripants!

Röc-Dür part, les laissant seuls. Ils en profitent pour filer à toute allure par la chatière, stupéfaits de ce qu'ils ont entendu.

-Ainsi donc, ils te cherchent, Aurélie, commente Guillaume. Je me demande bien pourquoi...

-Mais tout simplement parce qu'elle peut leur nuire, saute tout de suite aux conclusions Baguinou.

Pour la première fois de sa vie, Riostomivia se trompe...

Chapitre treize
Une âme perdue

La nuit est noire et personne ne voit les sept compagnons se mettant en route. Ou plutôt, un des sept portant les six autres!

Comme le géant habite à la sortie du village, il ne leur faut que très peu de temps pour en sortir. Ils aboutissent alors dans une région montagneuse.

C'est alors qu'Aurélie pose une question qui la tracasse depuis quelques minutes :

- Mais où sommes-nous donc, Chat? Chez moi, je n'avais jamais entendu parler du village des géants, ni de celui des fées. Le seul être merveilleux que je connaissais là-bas, ailleurs qu'en légendes, c'était le Marchand de Rêves.

- Nous sommes ici dans un autre monde, répond-il. En pénétrant dans la mine abandonnée, tu as été transportée dans notre monde, sans le savoir. Je ne sais pas si tu as remarqué, mais il y avait deux boutons sur la boîte de carton, un brun et un noir. Heureusement que tu as pas pesé sur le bouton brun sinon la mine se serait effondrée sur toi et Mordoré.

Écrasée par cette remarque, Aurélie se tait.

Aussitôt, Mordoré pose une autre question:

-Comment sais-tu que j'étais avec Aurélie?

-Je n'ai pas fini de vous apprendre des choses... Dans ce monde, il y a plusieurs fenêtres qui permettent de voir ce qui ce passe dans le vôtre. Ces fenêtres s'appellent des vivoras. C'est ainsi que je vous ai vus. Pour votre information, les deux seules personnes de ce monde à pouvoir se transporter dans l'autre univers sont le V.D.R. et le M.D.R.

- C'est qui, le M.D.R.? demande Jacquot.

- C'est le Marchand de Rêves, patate, répond Mordoré.

- Il ne faut pas dire «patate», le reprend Riostomivia. Il faut dire «pomme de terre».

Fatiguée de cette petite altercation, Aurélie tourne la tête. Ses yeux rencontrent ceux de Floralie.

«Elle a vraiment de beaux yeux», pense-t-elle.

Effectivement, Floralie a de superbes yeux roses. Rose comme un lever de soleil. Ils sont encadrés par de soyeuses boucles noires miroitantes sous la lune. La jolie fée porte une robe moulante de couleur fuchsia. Le bas de sa robe vole au vent et ses ailes de la même teinte papillonnent délicatement.

Aurélie, quant à elle, a deux yeux bleus pétillants d'intelligence et auréolés de mèches brunes rebelles. Ensemble, les deux jeunes filles forment maintenant un duo inséparable.

Complices, elles se sourient, puis leurs regards se tournent vers Chat.

- Quel est son vrai nom, d'après toi? demande Floralie à voix basse.

- Peut-être... Zimbabwe? s'esclaffe Aurélie. Ou

encore, Irousky!

En entendant le dernier nom, Chat se retourne d'un coup.

- Qui t'a dit ce nom?

- Personne, répond Aurélie. Je voulais juste m'amuser.

- Puisque maintenant, pour une raison que j'ignore, tu connais mon nom, je peux te dire ce qui t'attend après que tu aies délivré les rêves volés. Lorsque cela sera fait, continue Chat, tu devras te rendre seule dans un autre monde, là où mon identité s'est perdue. En m'appelant Irousky, tu en as déjà ramené une part. Toutefois, le plus ardu reste à venir...

- Nous ne la laisserons jamais seule! s'exclament les autres.

- Puisque tel est votre vœu, énonce Irousky d'une voix solennelle, ici, sous la lune du monde du rêve, je soude votre troupe afin que jamais vous ne vous abandonniez. Je me dois toutefois d'ajouter que deux autres compagnons se joindront à votre équipée. Lorsque vous aurez besoin de mon aide, chantez cinq fois mon nom.

Et voilà Chat, ou plutôt Irousky, qui se volatilise, les laissant seuls. Désespérés par les montagnes devant eux, ils se retournent pour apercevoir une dernière fois le village des géants. Et que voient-ils? Le château du Voleur de Rêves!

Chapitre quatorze
Rose géante

- Nous sommes arrivés! s'exclame Jacquot.

- Chut, pas si fort, le réprimande Baguinou.

Ce qu'il peut être rabat-joie, lui, des fois!

- Que fait-on? demande la fée.

- Je dis que nous devrions entrer, répond ironiquement Guillaume.

- Je suis d'accord, mon homme, approuve Jacquot.

- Hé, lui reproche le hamster volant, c'est moi ton homme, il me semble! Ne me dis pas que tu m'abandonnes déjà! C'est contraire à ce qu'Irousky a énoncé.

- Attention! crie Riostomivia tout d'un coup. Tout le monde à terre! Il y a deux garde-alligators qui se dirigent vers nous!

Tous tournent la tête dans cette direction.

- Curieux! Curieux! leur crie-t-il, fier de sa blague.

- Très drôle, dit Aurélie en faisant semblant de rire.

En fait, elle regarde d'un œil inquiet les buissons

tout proches. D'étranges bruits proviennent de cette direction.

- Chut, leur intime Aurélie. Penchez-vous douce-ment... Je crois avoir vu quelqu'un de ce côté. Et ceci n'est pas une blague.

Obéissant à son ordre, ils se baissent et demeurent dans cette position une ou deux minutes. Guillaume aperçoit alors une trappe à ses pieds. Habilement camouflée, elle est recouverte de mousse.

- Venez voir, les copains!

Ensemble, ils ouvrent la trappe et retiennent leur souffle...

- Mais... Il n'y a rien, s'indigne Mordoré. Ce n'est qu'un plancher de bois! La trappe est condamnée.

Guillaume touche le plancher pour s'assurer qu'il est bien réel.

- Rien à faire, dit-il, c'est une attrape!

Aurélie, méfiante, tâte le plancher. Elle sent les nœuds du bois sous ses doigts, la sensation à la fois dure et apaisante, l'odeur du pin... Et puis, tout à coup, le plancher disparaît!

- Que s'est-il passé? interroge Aurélie.

- Je crois, répond Rio, que ce plancher a disparu

parce que tu l'as touché. C'est vraiment bizarre...

- Résoudre ce mystère ne nous servira à rien, proclame Mordoré. Descendons plutôt par cette trappe!

- C'est que... Nous n'avons pas d'ailes, nous, l'informe Guillaume.

Effectivement, le trou semble sans fin. Tout est noir et l'on ne peut distinguer la fin.

- Jacquot, tu vas descendre là-dedans et nous dire ce que tu vois, le somme notre cher hamster ailé.

- Oui, mon commandant, répond le perroquet.

Il prend une profonde bouffée d'air et plonge dans le noir. Il revient au bout de quelques minutes (qui paraissent une éternité aux autres).

- Ça me prendrait trop de temps pour me rendre jusqu'au fond, répond-il aux questions muettes de ses compagnons.

Les yeux fuchsia de la jeune dryade semblent exprimer une indécision, puis elle déclare, le menton relevé :

- Il est temps pour moi de prouver ce dont je suis capable.

Elle prend elle aussi une grande respiration, puis récite, d'une voix qui leur paraît lointaine, ces deux ou trois mots :

- *Alavi lévunia liosavi!*

Aussitôt, une rose surgit du trou. Sa tige semble se perdre dans les tréfonds du «puits».

- Ses racines, explique Floralie, touchent au fond de ce vide. Nous n'avons qu'à descendre le long de sa tige. Dépêchons-nous, car le soleil se lève!

Durant environ une heure, ils descendent de feuille en feuille.

- Une chance que tu as enlevé les épines de la tige, s'exclame Baguinou. Je n'ai pas le goût d'abîmer mon

beau pelage brun clair!

- Toi et ton poil, soupire Guillaume. J'ai dû mettre un peu trop de coquetterie dans ton programme...

Après quelques autres altercations de ce genre et trente bonnes minutes de silence, ils arrivent au fond du «puits». Mais le mot «puits» est faible. La pièce où ils se trouvent devrait plutôt s'appeler «salle de bal». Eh oui! Ils ont atterri sur les dalles de marbre bleu d'une grande salle voûtée dont les murs sont faits de miroirs légèrement teintés.

- Oh, s'exclame Floralie, comme c'est beau!

Ces quelques paroles, bien que chuchotées, résonnent fortement dans la salle et les six amis conviennent que ne pas parler du tout (ou presque) aiderait à faire passer leur entrée inaperçue. Sur la pointe des pieds, ils gagnent un immense portail.

C'est alors qu'ils aperçoivent le Voleur de Rêves en chair et en os venir vers eux. À leur gauche, les compagnons s'engouffrent dans une toute petite porte qui mène à un placard. Ouf! Il n'a pas eu le temps de les voir!

Chapitre quinze
Étranges pouvoirs

- Ouf! Nous l'avons échappé belle, s'exclame Aurélie. Je crois que nous sommes dans le château du Voleur de Rêves...

- Pour un château, c'est un château! Même l'armoire à balai est phénoménale!

- Hé, regardez ça, leur dit Mordoré. On dirait un message.

- C'est vrai, mon homme, confirme Jacquot.

Voici, à deux millimètres près, la reproduction de ce qui est écrit sur ce papier :

```
VU ÊE MITNN TU POH D VTE BT
OS TS ANEAT OT RCE E OR  U.

L PÈE QE VU CECE S TOV
A IC  U  OS HRHZ E RUE

DRIR  U DS MR.
ERÈE N E  US

PU L TOVR ARLE DVA
OR A RUE,  UÉI  ER

UIIE  U D SS NMRU PUOR.
TLSR N E E   OBEX OVIS

BNE CAC!
ON  HNE
```

- Qu'est-ce que ce charabia? demande Jacquot.

- De toute façon, répond Baguinou, tu ne sais pas lire! Qu'est-ce que ça change que les lettres soient mêlées?

- D'habitude, je sais lire, et parfaitement, monsieur. Mais cette guenille-là est illisible!

- Mais bien sûr que c'est lisible, s'offusque Aurélie. C'est comme le langage sur la grosse roche plate devant la maison de Guillaume. Regardez; je vous le

94

lis.

Notre héroïne s'éclaircit la voix puis commence sa lecture:

- *Vous êtes maintenant tout proche de votre but.* (Bonne nouvelle!) *La pièce que vous cherchez se trouve derrière un des murs. Pour la trouver, Aurélie* (tiens donc, c'est moi!) *devra utiliser un de ces nombreux pouvoirs.* (Je ne comprend pas; je n'ai pas de pouvoir...) *Bonne chance!* (Tu parles d'un «bonne chance»!)

- Ça me semble clair, conclut Guillaume. Aurélie utilise un de ses nombreux pouvoirs, trouve la pièce et — ZOUIT— on libère les rêves. Fastoche!

- Pas tant que ça, rétorque Riostomivia. Quels pouvoirs? Je n'ai jamais entendu dire qu'Aurélie ait de nombreux pouvoirs.

- Peut-être, reprend Floralie, que la personne qui a écrit ce message veut dire que nous devrions chanter cinq fois le nom d'Irousky.

- Mais ça, n'importe qui peut le faire; Irouuuuuskyyyy! Irouuuuuskyyyy! Irouuuuuskyyyy! Irouuuuuskyyyy! Irouuuuuskyyyy! Eh! Il ne se passe rien! Peut-être que ça ne fonctionne plus, avance le hamster catastrophé.

- Tu as sûrement mal prononcé. Et puis, je ne vois pas ce qu'Irousky pourrait faire pour nous aider...

- Mais alors, qu'est-ce qu'on fait? demande Jacquot.

- Je pense, dit Baguinou, qu'il est temps de donner mon œil droit à Aurélie. Qu'en penses-tu, Guillaume?

- Mais, proteste Floralie, tu ne vas tout de même pas t'arracher un œil! Tu auras mal!

- C'est que tu n'étais pas là lorsque Jacquot s'est joint à la troupe, Floralie. Tu aurais vu Baguinou prendre un des ses yeux pour l'appliquer contre la tempe de Jacquot. Ce jour-là, Rio nous avait tous fait peur. Et il a failli nous dire ce qu'il y a dans son autre œil, explique Mordoré.

- Lorsque j'enlèverai cet œil, un autre apparaîtra, mon vrai, la rassure Rio.

Il retire son organe droit et le tend à Aurélie. Horrifiée, elle le regarde, puis s'aperçoit que ce n'est qu'une simple bille de verre! Alors qu'elle s'en saisit, elle sent une minuscule décharge électrique qui parcourt son corps. Des éclairs sillonnent la pièce...

- Je pense, commence Mordoré, que vous commettez une erreur dans le procédé!

- Non, non, dit Guillaume d'une voix calme.

Mais avant qu'il ait pu continuer sa phrase, Aurélie le regarde, pointe un des murs et annonce :

- C'est par là!

Puis, elle s'effondre.

*

- Aurélie, ça va? questionne Floralie.

Aurélie se redresse tout en se tenant la tête entre les mains.

- Oh, la, la! J'ai l'impression qu'un million d'anguilles m'ont touchée en même temps!

- Pourquoi des anguilles, et pas un train? demande l'ara rouge et bleu.

Riostomivia lui répond en prenant un air savant :

- Mais mon cher, tout le monde sait que les anguilles peuvent produire des chocs électriques!

- Eh bien!... Tout le monde mais pas moi, ronchonne Jacquot.

- Est-ce qu'on va finir par défoncer le mur un jour?

- Comment ça, défoncer le mur? questionne Aurélie.

- Eh bien, pendant que tu «dormais», nous avons observé le mur et avons conclu qu'il n'y avait qu'une seule façon de le «traverser» pour aller de l'autre côté; appeler Irousky.

- Mais quel autre côté? demande Aurélie, en les fixant d'un air incrédule. Comment avez-vous appris qu'il faut se rendre de l'autre côté?

Mordoré lui répond, toujours aussi blagueur :

- Nous avons capturé la fidèle servante du Voleur de Rêves, l'avons torturée et puis...

- Et puis quoi?

- Et puis... Elle nous a dit de chercher derrière ce mur.

- Je ne te crois pas, répond Aurélie en fronçant les sourcils. Vous ne l'avez tout de même pas torturée, j'espère. Où est-elle?

- Calme-toi, concède Jacquot. En fait, t'as pété les plombs, de la lumière émanait de toi, t'as pointé ce mur puis pouf! T'es tombée par terre.

Aurélie digère ces informations. Après un moment, elle demande :

- Bon... Puisque c'est comme ça! Mais en quoi Irousky nous aiderait-il à défoncer le mur?

- Mais c'est lui qui défoncera le mur, voyons!

- Ah! Je comprends! s'exclame Aurélie. C'est beau; je l'appelle : IIIIroussssskyyyy, IIIIroussssskyyyy, IIIIroussssskyyyy, IIIIroussssskyyyy, IIIIroussssskyyyy!

Chapitre seize
Deux nouvelles amies

Un formidable éclair traverse la pièce et Chat apparaît.

- Bonjour, Chat, l'accueille Guillaume. Nous aurions un petit service à te demander...

- Peux-tu détruire ce mur? demande franchement Jacquot. Parce que vois-tu, sinon, nous sommes pris ici!

Irousky acquiesce, prend son élan et puis... Badaboum! Il défonce le mur! Enfin, après un clin d'œil vert, il disparaît.

- Bon débarras! s'exclame Mordoré. Cette grosse brute a produit beaucoup de poussière en fonçant dans le mur!

Ils avancent dans la pièce adjointe, longue et étroite comme un couloir. Au fond, il y a une porte. Et sur cette dernière, huit serrures miroitent dans la pénombre. Baguinou les observe un instant avant de dire :

- Ce sont des serrures magiques. Il faut plus qu'une

simple clé pour les déverrouiller. De quoi avons-nous besoin pour les ouvrir?

- Eh! Regardez, les incite Jacquot. Nos noms sont inscrits sur les serrures : Aurélie, Floralie, Guillaume, Riostomivia, Mordoré, Jacquot... Et il y a deux autres prénoms : Ariella et Solveig.

- Ce sont mes amies, s'écrie Floralie. Ce sont des fées, comme moi. Ariella est la fée des araignées et Solveig, celle du soleil.

- Mais ça ne nous avance toujours pas, dit Aurélie. Quelle clé pourrait entrer dans une serrure comme celle-là? C'est petit comme un... cheveu! Mais oui, c'est ça! Il faut que chacun se prenne un cheveu, ou une plume ou un poil et qu'il l'insère dans la serrure portant son nom.

Aussitôt, tous se mettent à l'action. Aurélie s'arrache un cheveu brun; Floralie, un soyeux cheveu noir; Guillaume, un petit bout de blond; Baguinou, quelques poils brun clair; Mordoré aussi et Jacquot, une jolie plume rouge et bleue.

- Le problème, constate Guillaume, c'est qu'il reste deux serrures; celle d'Ariella et celle de Solveig. Il faudrait que les amies de Floralie soient ici. Ah, là, là!

Aurélie hésite... Une petite voix dans sa tête lui

chuchote qu'elle pourrait, si elle le voulait, ramener Solveig et Ariella. Mais la petite voix a-t-elle raison? On ne sait jamais!

Elle prend une grande inspiration, puis dit à ses compagnons :

- Regardez dans cette direction, cinq minutes, s.v.p.

Aurélie se concentre très fort.

Une minute...

Deux minutes...

Trois minutes...

Quatre minutes...

Cinq minutes!

Lorsque les cinq autres se retournent, ils ont devant eux deux belles dryades en chair, en os et en ailes, encore étonnées de ce voyage inattendu.

Ce sont les deux amies de Floralie, bien attendu! Ariella possède de grands yeux noirs charmeurs. Ses cheveux lui arrivent à l'arête du dos et ondulent autour de son corps. Ils sont noirs, tout comme ses yeux. Solveig, elle, a des yeux couleur ambre et un air décidé. Ses cheveux rouges et frisés tombent en cascade sur ses épaules.

-Arie, Sol! s'exclame Floralie.

À la vue de Floralie, le visage des deux dryades s'éclairent.

-Les amies, continue Floralie, j'aurais besoin d'une petite contribution. Vous voyez cette fille là-bas? Elle se nomme Aurélie et c'est une de mes bonnes copines. Elle a une mission; récupérer tous les rêves volés par le V.D.R., vous savez, ce bonhomme grincheux toujours accompagné d'un serpent. Je veux l'aider. Et vous voyez cette porte au fond? Il y a huit serrures dessus, elle ne se déverrouillera que lorsque nous aurons chacune fait un don de quelques cheveux.

- Eh, Flor, du calme, lui dit Solveig. Ton histoire a l'air vraiment intéressante! Me la raconterais-tu?

- Après. Vite, les filles, le temps nous est compté!

Tandis qu'Ariella détache l'un de ses longs cheveux noirs, Solveig en introduit une poignée dans la serrure portant son nom.

Une fraction de secondes plus tard, la porte s'ouvre béante et...

Et... c'est tout. Ils arrivent dans une autre salle.

Chapitre dix-sept
La libération

- Je crois qu'on y est, murmure Mordoré.

Aurélie laisse courir ses doigts sur les barreaux des diverses cages. Il y a là plusieurs rêves apeurés qui ne demandent qu'à être libérés. Une fabuleuse licorne les fixe de ses yeux tendres et leur demande d'une voix pleine de tristesse :

- Pourriez-vous, s'il vous plaît, nous libérer?

Aurélie, révoltée par tant de cruauté, demande à Guillaume :

- Que pourrions-nous faire pour les aider? Les cages sont sûrement très solides.

- Une des demoiselles fées aurait-elle un petit tour dans son chapeau? demande Baguinou.

- Moi, affirme Solveig, j'ai le pouvoir de faire brûler le métal.

- Ça, s'exclame Jacquot, ce n'est pas une bonne idée! Les rêves bouilliraient comme des homards dans leur chaudron. Une autre suggestion?

Mordoré, malicieux, suggère :

- Nous pourrions... mettre la queue de mon bon copain (Jacquot) dans la serrure, puis tourner. Il lui manquerait bien quelques plumes, mais qu'est-ce que ce mini-don face à la libération des rêves?

- Ha! Ça, jamais! Je serais déplumé comme un poulet dans une mer de requins! Avez-vous vu le nombre de serrures? Deux plumes par serrure et je n'aurai plus que de la peau sur les os. Cela dit, c'est normal côté humain, fée, hamster et patatras.

Ariella propose timidement :

- Mes araignées pourraient s'introduire dans les serrures afin de les déverrouiller.

- C'est une bonne idée, approuve Guillaume.

- Des araignées? Des vraies de vraies? Berk!

Mordoré est sur le point de s'évanouir. Sans toutefois se soucier de son interruption, la dryade des araignées lance d'une voix mélodieuse ces quelques mots incompréhensibles :

- *Aravi lavilo ravira!*

De petites araignées surgissent de nulle part. Leurs pattes fines s'accrochent à la robe de leur maîtresse. Puis, deux par deux, elles descendent par terre et avancent délicatement vers la première cage. Celle-ci renferme un doux paysage d'un monde merveilleux mais triste.

Dociles, les petites bêtes fragiles s'insèrent dans la serrure. Au bout d'un certain temps, un déclic se produit, la première cage s'ouvre et les arachnides se dirigent vers la seconde cage.

Excité, le rêve maintenant libéré répand ses couleurs dans la salle. Au bout d'un quart d'heure, ce n'est plus une prison, mais plutôt un monde où évoluent plusieurs créatures fantastiques.

Durant environ une heure, les araignées besognent. Enfin, il ne reste plus aucun rêve enfermé.

- Maintenant, interroge le perroquet, que fait-on?

- On devrait les faire sortir de la pièce, répond Floralie. Mais comment?

Après un moment de recherche, Guillaume trouve la solution :

- Regardez là-bas; il y une fenêtre. Attendez... je vais l'ouvrir.

Mais Guillaume à beau s'arc-bouter sur la poignée de la fenêtre, elle ne veut toujours pas s'ouvrir!

- Et si vous m'aidiez? propose-t-il.

- Nous arrivons!

À huit, après quelques minutes de durs efforts, ils réussissent à ouvrir la fenêtre récalcitrante.

C'est la libération! Les rêves filent par centaines par l'ouverture après un expressif «merci» qui aurait pu s'étendre des heures si Solveig ne leur avait pas gentiment dit : fini!.

Chapitre dix-huit
Noir de jais

- Bon, déclare Rio, passons aux choses sérieuses. Et si nous délivrions ta mère, Guillaume?

- Bonne idée! approuve Aurélie. Par où allons-nous?

- Nous pourrions interroger le Voleur de Rêves? suggère Solveig. Rendus sur place, on trouvera bien un moyen de le faire avouer...

- Mais où est-il? demande Jacquot.

- Peut-être, répond Mordoré, que si on va dans la direction des pièces les plus luxueuses, on finira par le trouver.

- Moi, le contredit Jacquot, je dis qu'il faut plutôt se diriger vers les pièces les moins belles. Il pourrait s'y cacher.

- Mais pourquoi se cacherait-il dans son propre château? questionne Ariella.

- Bon, eh bien... en route pour la crème de la crème de ce château! s'exclame Riostomivia.

Ils passent par le placard à balai et aboutissent dans le couloir.

Dans ce couloir, il y a cinq portes. Une est en rubis, une en émeraudes, une en pierres de jais, l'avant-dernière en saphirs et la dernière en or.

- L'or n'est-il pas le plus précieux des métaux? demande Guillaume en quêtant leur approbation.

- Il ne faut pas oublier, précise Aurélie, que le Voleur de Rêves est un être obscur. Le noir lui sied à merveille. Je crois donc qu'il faut emprunter la porte de jais. Cette pierre noire cadre bien avec son âme, sombre et ténébreuse!

- C'est vrai, confirment en même temps Floralie, Solveig et Ariella, les trois fées.

Les compagnons d'aventure ouvrent la porte, qui n'est pas verrouillée, et aboutissent à un escalier de marbre. Ils montent les marches une à une.

- Il y a exactement cinq cents marches, les informe Rio.

- Tu comptes ça, toi, les marches? demande Jacquot en affichant un air surpris.

- Ça te dérange? réplique l'ours-robot. Je parie que toi, tu ne sais même pas compter!

- Si, monsieur, répond le perroquet. Je compte mes plumes.

- Combien en as-tu? questionne Guillaume soudainement intéressé.

L'ara rouge et bleu se rengorge avant de commencer à compter ses plumes.

- Une... Deux... Trois... Quatre... Cinq... Six... Sept... Euh... C'est quoi le nombre qui vient après? Ah oui! Huit... Neuf... Ah non! Je ne me souviens plus! Ça y est, je me souviens! Dix... Onze...

- Jacquot, pourrais-tu compter tes plumes plus tard? demande poliment Aurélie. C'est que tu m'ÉNERVES!!!

- O.K., O.K.!

Jacquot se dirige vers Mordoré. Complices, ils inventent des tours pendables pour tout et pour rien...

Devant eux, deux couloirs identiques.

- Mais, ils sont pareils, s'insurge Mordoré.

- Regarde le plancher avant de parler, Mordoré, le sermonne Aurélie. Je ne sais pas si tu as remarqué, mais un des planchers est en céramique noire et l'autre en céramique jaune.

- J'ai compris! s'exclame le hamster volant. Il faut prendre le deuxième couloir, celui avec le plancher jaune!

- Mais tu n'as rien compris, réplique Guillaume.

Devant la porte de jais, nous avons dit que le Voleur de Rêves est un être obscur. Penses-tu sincèrement qu'un plancher ensoleillé lui convienne?

- Non, mais...

Solveig ne lui laisse pas le temps de répondre. Elle avance vers le premier couloir.

Chapitre dix-neuf
Dans la salle du trône

La petite, ou plutôt la grosse troupe, suit Solveig dans le sombre couloir tout en se demandant comment faire cracher le morceau au Voleur de Rêves. Une vaste salle met fin à leurs pensées. Au centre, un trône noir comme la nuit leur tourne le dos.

Précautionneusement, ils marchent dans l'ombre des énormes colonnes soutenant le plafond voûté.

Et soudain, une voix parle, se répercutant contre les parois de pierre de la salle du trône. Le V.D.R.!

- Ainsi donc, vous êtes venus...

Sa voix raisonne à l'infini, et l'écho qui lui répond a l'aspect de l'orage qui gronde. Il continue :

- Tu es parvenue à moi, Aurélie. Avec des amis à ce que je constate. Ridicule! Ha! Ha! Ha!

Son rire emplit leurs oreilles, tel une cascade de poison s'infiltrant dans leur sang.

Puis, sa voix se radoucit;

- Approchez, mes enfants. J'ai souvent entendu

parler de vous. Mes espions m'ont bien renseigné!

Les huit amis s'entreregardent. Ainsi donc, on les espionnait! Qui donc?

Inlassable, le Voleur de Rêves continue sa triste besogne d'anéantissement.

- Guillaume... Tu es venu chercher ta mère, non?

Un sourire cruel se dessine sur les lèvres de cet homme âgé de trois mille ans qui en paraît trente.

- Où est sa mère? demande courageusement Jacquot.

- Vous voyez ce bouton? questionne le V.D.R.

Il pointe un bouton blanc à l'autre bout de la salle.

Puis, il continue :

- Nous ferons la course. Le premier à peser sur ce bouton gagne.

- Gagne quoi? demande Guillaume, méfiant.

- Mais voyons, petit bonhomme! Disons que si tu gagnes, je libère ta mère, mais si JE gagne, toi et tes copains serez mes prisonniers.

Guillaume hésite. Il ne veut pas condamner ses amis. Solveig le prend par les épaules et lui murmure :

- Laisse-moi courir contre lui. Je gagnerai, je te le jure.

Floralie l'approuve :

- Je connais les talents de Sol. Vous verrez, elle vous étonnera.

*

Le Voleur de Rêves et Solveig se positionnent sur la ligne de départ, le bouton à environ dix mètres d'eux.

Comme pour se donner du courage, la jeune dryade du soleil murmure ces quelques mots en langage magique :

- *Ariva silora solami!*

Le Voleur de Rêves ne semble pas comprendre grand chose à ce que Solveig chuchote. Non, parce

qu'il n'écoute pas. Il crie de sa voix puissante un autre charabia;

- *Neiferdel ombrami silvonia!*

Puis, la course débute. Les premières secondes, Solveig n'en mène pas large. Toutefois, après quelques instants, elle semble investi d'une puissance insoupçonnée. Elle ne court plus, elle vole! À la vitesse de la lumière du soleil! En un micromillionième de seconde, elle arrive à l'autre bout de la salle, près du bouton.

Alors qu'elle est sur le point de l'enfoncer, elle s'arrête. Son doigt est à peine à un millimètre du point blanc.

Solveig réfléchit un instant. Juste à côté de ce bouton, un autre bouton minuscule de la couleur du mur passe inaperçu. Est-ce un piège? Voyant l'air apeuré du Voleur de Rêves lorsqu'elle s'en approche, elle se décide et pèse sur le deuxième bouton! Aussitôt, une grande cage en fer s'abat sur le V.D.R.

Chapitre vingt
Serrure radimiviroukienne

...à vingt mètres d'eux, une porte apparaît.

Les camarades s'engouffrent dans l'ouverture et se retrouvent devant un cachot.

- C'est pas trop tôt! s'exclame le perroquet. Après toutes les épreuves que nous avons vécues, il fallait bien qu'on finisse par arriver à une étape facile!

- Et si nous ouvrions la porte? propose Aurélie.

- Allez, tu es capable, Arie! Ouvre cette porte.

Ariella récite ces paroles bizarres :

- *Ravira*...

- Attendez, dit Mordoré. Il y a quelque chose que je ne comprends pas. C'est quoi l'affaire de s'appeler Aura, Flor, Sol ou Arie?

- C'est juste pour ça que tu l'as interrompue? le réprimande Baguinou. Mais c'est simple; ce sont des surnoms qui...

Avant qu'il n'aie le temps de finir, Ariella reprend sa formule :

- *Ravira dalimani rimila!*

Les délicates araignées surgissent à l'assaut de la serrure, mais reviennent bientôt, leurs petites pattes fines exprimant leur désespoir.

La serrure est impossible à ouvrir! Et dire que la mère de Guillaume est là, dans ce cachot, hors d'atteinte! C'est enrageant...

Riostomivia, comme toujours, ne se laisse pas démonter. Il s'approche de la serrure et commence à l'analyser, marmonnant de temps à autre :

- Mmm... Oui... Je vois... C'est une serrure radimiviroukienne. La porte s'ouvrira donc... Ça doit être ça... Un mot... Un code. Le contraire... du V.D.R. Je vois... OUI, JE VOIS!!! s'écrie-t-il soudain.

- Qu'est-ce que tu vois? lui demande bêtement Jacquot.

Comme toujours, le perroquet est long à comprendre les enjeux et les subtilités du message que Baguinou leur fait parvenir...

Sans s'offusquer, Rio répond à la question en leur criant presque :

-VOUS NE VOYEZ PAS? LE CONTRAIRE DU V.D.R.! VOUS SAVEZ CE QUE C'EST? MAIS C'EST... LE R.D.V.!

- Je crois que tu te trompes, dit Aurélie. Il faut trouver un mot au sens plus profond. Comme... le mot... AMOUR!

À l'instant même où elle prononce ce mot, le sol se met à trembler. Les murs de pierres taillées s'écroulent, des nuages de poussière grise leur brouillent la vue et, tout d'un coup, ils sont transportés devant une assemblée bariolée de fées délicates vêtues de légers voilages et de lutins dodus et joviaux habillés de rouge et de vert. Des chapeaux sont lancés. Le public est tout sourire. On les applaudit chaudement. Sur une estrade, la mère de Guillaume se tient debout.

- Mamaaaaaaaaaaaaaaaaaaaaaan!

Elle s'approche et Aurélie en profite pour la détailler. Elle a de longs cheveux blonds et des yeux bleus. Ses vêtements sont dignes d'une reine. Sa longue robe est constituée de trois voilages; le premier est d'un bleu profond et parfaitement ajusté sur le corps de la femme. Plusieurs nuances allant de turquoise au bleu céleste en passant par le bleu marine et l'argenté s'y bousculent. Le second, opaque, flotte autour du premier, et une longue cape couleur de nuit est rattachée aux épaules par une broche en argent en forme de papillon et incrustée de saphirs et de diamants. Notre héroïne n'arrive pas à détacher ses yeux de la robe...

- Merci, dit simplement la mère de Guillaume.

Aucun mot ne pourrait mieux exprimer les émotions qui se bousculent dans ses yeux.

Elle leur sourit chaleureusement. Puis, elle commence à leur parler;

- Venez avec moi, nous pourrons parler tranquillement.

Elle les entraîne vers une petite maison au toit de chaume à l'orée de la forêt. Des rideaux accueillants sont suspendus aux fenêtre. Ils entrent et la mère de Guillaume se présente.

Chapitre vingt-et-un
Sur la bonne piste

- Bonjour, je me nomme Myria, déclare-t-elle d'un ton envoûtant. Je suis heureuse de tous vous rencontrer enfin! Ah oui, j'oubliais. Il y a quelqu'un qui t'attend derrière cette porte, Aurélie. Vas-y.

Elle fait signe aux autres de rester auprès d'elle. Aurélie avance à pas hésitants vers la porte ouvragée qui la surplombe, menaçante. La serrure de bronze produit un léger déclic, la porte s'entrebâille et une petite chambre à coucher au papier peint bleu se dévoile devant les yeux ébahis de la jeune fille.

Sur le lit recouvert d'une courtepointe est assis le Marchand de Rêves. Il lui sourit d'un air plein de bonhomie. Puis il lui déclare:

- Tu as réussi ta mission. Le Voleur de Rêves ne nuira plus, je m'occupe de lui. Malheureusement, je ne peux faire de toi une Marchande de Rêves car tu dois accomplir ton destin avant toute chose. Mais ne t'inquiète pas, un avenir prometteur s'étend devant toi et t'en fera voir de toutes les couleurs. Va, mon enfant, et reste aussi curieuse que maintenant. Cette grande qualité t'aidera dans nombre de tes futures aventures...

Aurélie quitte la pièce, le regard absent. Elle rejoint Myria et ses compagnons.

- Vous êtes sûrement surpris de vous retrouver ici, avance la mère de Guillaume. Plusieurs fois, durant votre aventure, vous vous êtes retrouvés dans un autre lieu après une certaine action. Après avoir pesé sur un bouton, escaladé un séquoia géant, avoir prononcé le mot «amour» ou encore avec une formule. Ah oui, j'oubliais! Lorsque vous avez franchi le seuil de ma prison, nous avons tous été transportés devant cette assemblée de fées et de lutins qui avaient eu vent de votre mission. Lorsque nous avons commencé à être « téléportés », j'ai pris un raccourci que seules certaines personnes sont capables d'emprunter et je suis arrivée une heure avant vous.

Elle continue:

- Ces passages entre deux endroits spécifiques se nomment des luranis. Le premier lurani que vous avez rencontré, dans la mine, est unique. Ou presque... Il est le seul à pouvoir vous transporter d'un monde à l'autre. Par conséquent, ici, nous le nommons lurano.

Les autres luranis ne vous déplacent que dans le même monde. Enfin! Voilà ce que je désire vous révéler : vous devez trouver le jumeau du lurano que vous avez déjà emprunté. Il vous mènera au pays des âmes perdues. Votre prochaine mission sera donc de récupérer l'âme d'Irousky. Bonne chance!

Puis, elle claque des doigts dans un froufroutement de tissus bleus et s'évapore en une myriade de petites bulles.

- Hé! Attendez, s'exclame Jacquot. Où, quand, qui et comment? Youuuuuuh houuuuu, madame...

Peine perdue! La maisonnette se brouille autour d'eux et disparaît. Ils sont transportés dans un champs de fleurs, un peu semblable à celui où ils ont rencontré Floralie.

- C'est le pays des fées! s'exclame Baguinou.

- Je crois que nous sommes sur la bonne piste…, annonce Aurélie.

Fin